AF451590

VENTE DU LUNDI 2 MARS 1914
HOTEL DROUOT, SALLE N° II

A deux heures

TABLEAUX ANCIENS ET MODERNES

ESTAMPES, DESSINS

OEUVRE IMPORTANTE DE SALVATOR ROSA

Mᵉ ROGER WALTHER
COMMISSAIRE-PRISEUR
3, boulevard de Sébastopol
PARIS

M. ALBERT JEHN
Expert en Tableaux près le Tribunal Civil de la Seine
11 *bis*, rue de Surène
PARIS

EXPOSITION PUBLIQUE

Le Dimanche 1ᵉʳ Mars 1914, de 2 heures à 6 heures

CONDITIONS DE LA VENTE

Elle sera faite au comptant.

Les adjudicataires paieront *dix pour cent* en sus des enchères.

Paris. — mp. de l'Art, Cʜ. Bᴇʀɢᴇʀ, 41, rue de la Victoire.

DÉSIGNATION

ESTAMPES
ANCIENNES ET MODERNES
RÉIMPRESSIONS DIVERSES

DESSINS

BARTOLOZZI

1 — *Sorrows of Werker.*

2 — *L'Enjouement.*
En couleurs.

BOUNIEU

3 — *L'Innocence.*

CARINGTON

4 — *Hors d'emploi.*

CHASSELAT (1829)

5 — *Réunion.* (Sépia.)
Deux dessins.

COMBETTE

6 — *Triomphe des lys.*

COOK

7 — *Vie d'un déserteur.* (3 piéces.)
Aquatinte.

COYPEL

8 — *L'Amour.*

DEMARTEAU

9 — *Femme assise.*

DIXON

10 — *Portrait de Kirby.*
Manière noire.

ÉCOLE FRANÇAISE

11 — *Téte d'Enfant.*
Dessin.

GIBELIN

12 — *Sources de la vie.*

LE GUIDE

13 — *La Veillée.*
Avant la lettre.

HUET (J.-B.)

14 — *L'Amant pressant.*

15 — *La Déclaration.*

LOO (VAN)

16 — *Madame Favart (rôle de Bastienne).*

DU MESNIL

17 — *La Poupée.*

MEJN (DE)

18 — *Portrait de Jean Pinel.*
    Manière noire, premier état avant la lettre.

MORLAND

19 — *The Elopement.*

20 — *Domestic happiness.*

PLAUZEAU

21 — Deux aquarelles pour illustration.

RIOULT

22 — *Disgrâce de Ragotin.*
    Quatre pièces.

SCHALL

23 — *Paul et Virginie.*
Quatre pièces en couleurs.

SCHALL

24 — *Louis XIV et Mlle La Vallière.*
Suite de six gravures en couleurs.

SCHENAU

25 — *Le Bon père.*

WOLFF

26 — *Glacier suisse.*
Pièce en couleur.

WORBIDGE

27 — *The Sausage Woman.*
Manière noire.

DIVERS

28 — *Aventures du Jeune Trinquart.*

29 — *Vénus et Énée.*

30 — *L'Enfant Jésus,* d'après LE CORRÈGE.

31 — Un lot de pièces diverses.

MINIATURES

32 — *Général Lassalle.*

33 — *Maréchal Ney.*

34 — *Réunion galante.*

OBJETS DIVERS

35 — Éventail.

36 — Panneaux en marqueterie.

37 — Panneaux en broderie.

37 *A* — Panneau décoratif, peint par Pillon père, genre tapisserie, décor verdures.

2 mètres×2 m. 36 cent.

37 *B* — Panneau décoratif, peint par Pillon père, genre tapisserie, avec bordures.

96 cent.×2 m. 21 cent.

37 *C* — Panneau décoratif, peint par Pillon père, genre tapisserie, avec bordures.

1 m. 05 cent.×2 m. 25 cent.

37 *D* — Paravent complet, cinq feuilles, tapisserie à la main, laine et soie.

ART PERSAN

TABLEAUX
ANCIENS ET MODERNES

ALIX (Jean)
École française du XVIIe siècle

52 — *Portrait d'un Cardinal.*

ARNOUX

53 — *La Crêpe.*
> Signé à gauche.

BARTHOLONI

54 — *Mer de glace.*

BARTHOLONI

55 — *Sous bois.*

BARTHOLONI

56 — *Bord de lac.*

BAUDIT (A.)

57 — *Lilas.*

BERGHEM (D'après)

58 — *Paysage.*

BERINGS (J.)

59 — *La Ferme.*

DE BON

60 — *Paysage.*
Deux tableaux.

DE BON

61 — *Chalands.*

DE BON

62 — *Canal.*

BUSSON (Ch.)

63 — *L'Étang.*

CARRIER-BELLEUSE (Pierre)

64 — *Nu.*
Pastel.

COROT (École de)

65 — *Pêcheurs.*

COURBET (École de)

66 — *Femme au perroquet.*

DEMASO

67 — *Le Couple.*

DIVERS

68 — Esquisses de paysages, nus, etc., etc.
Dix pièces.

E. W.

69 — *Fleurs.*

E. W.

70 — *Le Missel.*
Aquarelle.

E. W.

71 — *Buire et bougeoir.*

ÉCOLE ANGLAISE (xviiie siècle)

72 — *Portrait de Femme.*

ÉCOLE ESPAGNOLE (Fin du xvɪᵉ siècle)

73 — *Scène religieuse.*

ÉCOLE FRANÇAISE (xvɪɪᵉ siècle)

74 — *Sacrifice.*

ÉCOLE FRANÇAISE (xvɪɪᵉ siècle)

75 — *Pieta.*
> Cadre en bois sculpté.

ÉCOLE FRANÇAISE (xɪxᵉ siècle)

76 — *Le Vieux tambour.*

ÉCOLE FRANÇAISE

77 — *Cascade.*

ÉCOLE FRANÇAISE

78 — *Bouilloire.*

ÉCOLE FRANÇAISE

79 — *Stamboul.*

ÉCOLE FRANÇAISE

80 — *Chèvres.*

> Daté et signé : *Huet* (sans garantie).

ÉCOLE FRANÇAISE

81 — *L'Abdication.*

> Panneau.

ÉCOLE HOLLANDAISE (Fin du XVIIᵉ siècle)

82 — *Paysage.*

> Ce tableau porte une signature, que nous n'avons pu
> identifier.

ÉCOLE HOLLANDAISE

83 — *Château.*

ÉCOLE HOLLANDAISE

84 — *Paysage.*

ÉCOLE HOLLANDAISE

85 — *Fileuse.*

ÉCOLE ITALIENNE

86 — *Caïn et Abel.*

ÉCOLE JAPONAISE

87 — Deux peintures.

ÉCOLE 1830

88 — *Château fort.*

ÉCOLES DIVERSES

89 — Sept Panneaux.

90 — Pastel.

91 — *Tête de Femme.*

INNOCENTI

92 — *La Ferme.*
  Esquisse.

ISABEY (École de)

93 — *Marine.*

JACQUES (École de Ch.)

94 — *Moutons.*

JANNECK (1703-1761)

95 — *Chez le syndic.*

96 — *Chez l'apothicaire.*
  Signés à gauche.

LAMBRECH

97 — *Portrait d'Homme.*

LELEUX (A.)

98 — *La Fileuse.*

LEPINE (École de)

99 — *Paysage.*

MARQUETTE

100 — *Fleurs.*

Trois tableaux.

DE MARNE (École de)

101 — *Sous bois.*

F. MASSON (1)

102 — *Hiver.*

103 — *Été.*

MARTINEZ

104 — *Pêcheurs.*

---

(1) Quelques fresques de l'Hôtel des Invalides ont été faites par cet artiste.

NÈGRE (C.)

105 — *Musicien.*

NEUVILLE (DE)

106 — *Étude.*

NOTERMAN

107 — *Orchestre improvisé.*

PICOU

108 — *L'Amour enchaîné.*

POMEY

109 — *Jeune Fille.*

POUSSIN (Attribué à GUASPRE)

110 — *Paysage.*

RIGAUD (École de)

111 — *Portrait de Femme.*

ROQUEPLAN (Attribué à)

112 — *Étude.*

RUYSCHER (De)

113 — *Fruits.*

114 — *Roses.*

115 — *Sous bois.*
Deux tableaux.

SALVATOR ROSA (1615-1673)

116 — *Paysage.*

SILLA

117 — *Barques.*

SIMON (Armand)

118 — *Pêcheuses.*

SMITH

119 — *Chien.*

120 — *Roses.*

SMITH

121 — *Fraises.*

Signé à gauche et daté : *81.*

STEVENS (Atelier de)

122 — *Au Café.*

WASHINGTON

123 — *Le Bordj.*

124 — Tableaux omis au Catalogue.